KB157672

큰 글
한국문학선집

김상용 시선집

남으로 창을 내겠소

일러두기

1. 이 시집은 『망향(望鄕)』(문장사, 1939), 『망향(望鄕)』(이화여대출판부, 1950), 『김상용 시전집』(연천향토문학발간위원회, 2009)을 참조하였다.

2. 표기는 원칙적으로 현행 맞춤법을 따랐다. 그러나 시적 효과 및 음수율과 관련된 경우는 원문의 표기를 그대로 옮겼다.

3. 원문에서 사용한 " ", ' ', ( ) 표기는 그대로 따랐다.

4. 원문에서 표기한 한자는 필요시 그대로 두었다.

5. 작품 수록 순서는 시집 발표순서와 목차 순으로 하였다.

6. 이해를 돕기 위하여 편자 주를 달았는데, 이는 국립국어원의 뜻을 참조하였다.

목 차

일어나거라

아침의 대기는 우주에 찼다.
동편 하늘 불그레 불이 붙는데
근역(槿域)의 일꾼아 일어나거라
너희들이 일어날 때는 아침이로다.

농무(濃霧)가 자옥한 신상(神爽)¹⁾한 아침
죽은 듯 고요한 경쾌한 아침에
큰 소리 외치며 일어나거라
너희들이 잘 때는 아침 아니다.

아침의 대기를 흡씬²⁾ 마시며
공고(鞏固)한 의지와 꿋꿋한 육체로

---

1) 신비롭고 시원함.
2) '흠씬'의 오기. 아주 꽉 차고도 남을 만큼 넉넉한 상태.

팔 다리 걷고서 일터에 나오라
혈조의 전선에 힘 있게 싸우자.

이 날도 앉아서 기다려 볼까

지평선 위에 떠도는 구름
바람 불면 떼 소나기 올 듯도 하다만
한가한 가지에 매미 우니
이 날도 앉아서 기다려 볼까.

골짜기로 붉은 물 내려만 오면
다 썩은 저 개뚝3) 이러질 듯도 하다만
번갯불 아직도 보이지 않으니
이 날도 앉아서 기다려 볼까.

물 위에 널린 어지러운 티끌
한자락 풍우 뒤엔 씻길 듯도 하다만

---

3) '둑'의 방언.

저 구름 움직인다 어디로 가나
이 날도 앉아서 기다려 볼까.

찾는 마음

사랑아 그대는 어디 있는가
내 영혼 알들이[4] 찾는 사랑아
산 위에 있을까 올라보면
바람만 잎새에 불고 있는 걸.

사랑아 그대는 어디 있는가
내 영혼 애달피 찾는 사랑아
바다 위에 있을까 바라보면
흰 돛만 물 위에 오고 가는 걸.

사랑아 그대는 어디 있는가
내 영혼 오늘도 찾는 사랑아

---

4) '알뜰히'의 오기로 추정.

모인 데 있는가 따라가면
낯모를 나그네 제 길 가는 걸.

산에 없는 사랑을 어디 찾을까
바대5) 없는 사랑을 어디 찾을까
모인 데 없으니 찾지도 말까
그래도 내 영혼은 헤매고 있네.

---

5) '바다'의 방언.

모를 일

내가 기쁨의 잔을 드릴 때
파리 하나 지나다 잔에 떨어져
나는 기쁨의 잔을 잃었고
파리는 가엾다 목숨 잃다니.

내가 그리운 그를 부를 때
그는 못 듣고 지나 버리어
나는 일생의 뜻 잃었고
그는 애석타 홀로 가다니.

모두가 야릇타 웃어 버릴까
그러나 설움은 나를 울리네.

무상

싸늘한 하늘 밑 바람이 부네
서리 온 땅 위에 바람만 부네
바람에 떨어져 달리는 잎은
바람타고 떠돌다 어디로 가나
때 되면 반드시 덮는다는 말이.

흐르는 듯 인생의 세월이 가네
백발만 남겨 놓고 세월이 가네
백발만 남겨 놓고 가는 청춘
세월 타고 흘러서 어디로 가나
때 되면 반드시 늙는다는 말이.

들 가에 잎 덮는 바람소리에
달 어린 가을밤을 홀로 새면서

백 번이나 봄 가는 곳 물어 보았네
그러나 내 말은 듣지도 않는지
대답 없는 들 위에 바람만 불어.

살처수(殺妻囚)의 질문(1)

비록 내 손이 내 목 조를 자유가 없고
내 발은 물에 뛰어들 틈이 없으나
나흘 굶은 내 앞날이 길면 얼마나 길꼬
'어둠'이 내 앞에 어른거리고
나를 구하려는 〈죽음〉의 발자국이
문 밖에 들려오거늘
구태여 말한들 무엇하리
그러나 나는 들 가는 몸
뒤에 날같은 운명에 우리들을 위하여
옳고 그른 것을 밝게 가린다는 법과
박애와 정의를 파는 그대들에게
나는 두 번째 옳고 그름을 물으려 하네.

나도 희망의 헛손질을 믿은 날이 있었네

앞날의 복을 꿈꾸며
고요한 바다 향하는 환부(渙夫)와 같이
구름 속 숨은 바람
섬 뒤 모여선 파도를 잊고
소리하며 인생의 첫 노를 저어본 일이 없네.

진실로 노래하며 인생의 첫 노를 저어본 일이 있네
아름다운 섬이 뒤를 이어 나타나더라니
첫 섬에서 쌀과 섬을 얻었고
둘째 섬에서 어여쁜 아내를 얻었고
셋째 섬에서 귀여운 딸과 아들을 얻었네
그래 나는 내 노래를 부르며
순풍에 돛을 달고 떠나 갔더란밖에.

진실로 순풍에 돛을 달고 떠나 갔더란밖에
그러나 바다 위 웃음이 사라질 때
내 뒤에 산 같은 물결이 있었네
희망이 제 그림자은[6] 감출 때
내 앞에는 절벽같은 절망이 솟았었네
그래 나는 내 힘을 다하여
물결 높은 인생의 바다에서
금세라도 깨어질 듯한 작은 배를 잡고
그 날을 싸웠었네 그 이튿날도 싸웠었네
날 가는 것도 잊고 싸웠었네
몇 해나 되었던고.

---

6) 문맥상 '제 그림자를'로 추정됨.

진실로 날 가는 것도 잊고 싸웠었네
그러나 나를 버린 하늘은 바람 재일 줄을 모르네
나를 내진 땅은 절벽 채여줄 줄을 모르네
그래 나는 내 동무를 불렀네
눈물과 의리 있다는 동포
아니 내 형제를 불렀네
하늘과 땅에 저 버림받은 나는
목이 터지도록 내 형제를 불렀네.

진실로 목이 터지도록 내 형제를 불렀네
처음 지난 사람 나를 모른다 하데
다음 지난 사람 나를 비웃고 가데
그 다음 사람 나를 박차고 가데
그래 나는 하늘에 버림을 받고

땅의 내침을 받고
마침내 사람에 저버림 받음을 알았었네.

그래 나는 떠는 아내 우는 어린 것들을 데리고
눈보라 치는 어느 날 저녁
나의 갈던 땅을 잃고
의지하는 집을 잃고
빈 거리에 쫓겨나왔던 것일세
그리하여 우리는 길 잃은 양과 같이
아니 눈 쌓인 벌판 위의 주린 이리와 같이
살 길을 찾아 헤매었었네.

진실로 살 길을 찾아 헤매었었네
조상의 끼쳐준 귀엽다는 것

동족이 일러준 곱다는 것
예의 염치 신앙 모든 것을 잊고
다만 주린 배를 채우랴
동으로 서 또 남과 북으로
언 발을 구르며 싸다니었었네.

진실로 언 발을 구르며 싸다니었었네
낮에 싸다니었었네 밤에도 싸다니었었네
열흘을 싸다니고
스무날을 싸다니었었네
그러나 거리에는 찬 눈만 쌓였고
하늘에는 무서운 바람만 불더라니.

그때 나는 마지막으로 한 가지 일을 생각하였네

첫날 하려 하였네 내 맘이 못하게 하데
둘째 날 하려 하였네 내 아내가 못하게 하데
셋째 날 내 아내는 잠자코 있데
내 마음은 모른다 하데
그래 나는 떨며 한 가지 일을 하려 떠났었네
아― 나는 내 손에 쇠고리가 채어질 때
비로소 길 넘는(丈餘) 담 뛰어넘은 줄을 알았었네.

살처수(殺妻嫂)의 질문(2)

진실로 나는 내 하는 일을 몰랐었네
그러나 내 말을 믿어줄 자 누구인고?
나는 일년의 옥중생활을 하였었네
봄이 가고 여름이 가고
가을의 나뭇잎이 떨어지고
다시 눈조각이 들 위에 내릴 때까지
내 아내 내 딸 그리고 내 아들을 생각하며
키 높은 벽돌담만 바라보고 일년을 지났더라니.

진실로 아내와 딸 그리고 아들을 생각하며
키 높은 벽돌담만 바라보고 일년을 지났더라니
그러나 일년이 십년의 백발을 끼쳐주고 간 날
나는 나흘도 담 높은 옥 밖에 서 있었네
그러나 나의 갈 곳은 어디였던고?

천지가 넓다 하나 내 갈 곳은 어디였던고?
내 아내 내 딸 그리고 내 아들 뉘였던 자리엔
이 겨울 온 눈만 쌓여있었을 것이 아닌가?

진실로 이 해 온 눈만 쌓여있었더라니
그래 나는 내 아내를 부르며
내 딸 그리고 내 어린놈을 부르며
밤과 낮으로 거리를 헤매였더라니
거리에는 아내도 많데 딸도 많데
그리고 어린놈들도 많데
그러나 내 딸은 없데 내 어린놈은 없데
그리고 내 아내는 보이지 아니하데.

진실로 내 아내는 보이지를 아니하데

아 길이 보이지를 않았던들……
친구들!(마지막으로 가는 나이니 우리말의 그리
운 이 한 마디를
쓰게 하게)
거적을 쓰고 울음 반 웃음 반으로
알지 못할 제 말만을(그러나 그 말 속에는)
어린 것들의 이름이 반이나 되데
인해(人海) 중 떠들고[7] 있는 것이
아! 불쌍한 내 아내였더라니
지아비를 여의고 자식을 잃고
실성해 인해 중 떠들던 것이
곱던 지난날의 내 아내더라니

---

7) '떠돌고'로 추정됨.

그대들 눈에도 눈물이 고이네그려
아 눈물 흘릴 수 있던 옛 때가 그립구나!
미쳤어도 귀엽던 내 아내가 아닌가?

그래 나는 그리던 내 아내를 안고
어느 다리 밑에 숨어 있었네
마치 꺼지려는 촛불의 마지막 '반짝'임 같이
맑은 정신이 내 아내를 찾아들 때
그는 나를 부르고 내 뺨을 어루만지며
내 딸은 굶어 내 아들은 얼어 죽던 말을 하고
목을 놓아 울더라니 그리고
내 귀에 '죽음'의 '부드러움'을 말하더라니.

진실로 '죽음'의 '부드러움'을 말하더라니

그럴 때마다 우리 뒤에는
우리를 구하려는 검은 그림자가
딸을 버리고 섰는 것 같더라니
진실로 정다운 친구를 부르듯
내 아내가 '죽음'의 이름을 부를 때
내 귀에는 창 밖에 있어 나를 부르는
그리운 음성이 들리는 것 같더라니.

진실로 부드러운 음성이 들리는 것 같더라니
그래 나는 충실한 지아비로
내 아내의 마지막 원을 들어주었네
나는 이 손으로 내 아내의 목을 조르고
내 목을 매여 다리에 달았더라니.

진실로 내 목을 매여 다리에 달았더라니
그러나 나를 속인 세상은
다시 나를 구한다는 미명으로
내 마지막 길을 막았었네
그리하여 내 손이 내 목 조를 자유를 잃고
내 발이 물에 뛰어들 틈이 없는 동안
마른 가랑잎 같은 내 목숨은
이 썩은 등걸에 달려 있는 것일세
그러나 나는 얼마 아니하여 내 길을 가리라니.

진실로 얼마 아니하여 나는 내 길을 가리라니
내 갈던 밭에 다시 풀이 푸르고
내 나무 비든8) 산에 예 우는 뻐꾸기가 운다 해도
나는 보고 듣지 못할 내 길을 떠나 가리라니

그러나 나는 내 떠나기 전 또 한 번
옳고 그른 것을 밝게 가린다는 법과
박애와 정의를 파는 그대들에게
묻노니 '나는 진실로 죄인인가?'

---

8) 베던.

그러나 거문고 줄은 없구나

바닷가 깨어지는 물결
산 모루[9] 설레는 바람
들로 내리는 물 다 함께
이 나라에는 노래하는 이 없느냐
있거든 나오라 외치는구나.

행여 나더러 그림 아닐까?
그래 나는 가슴을 뒤지고 있네
그러나 아- 거문고의 줄은 없구나.

물결은 뒤 너머 질을 치고
하늘엔 노여움만이 가득한 이때

---

9) 마루.

풀잎 같은 배 조각 잡고
'죽음' '삶'에서 날 뛰는 이들
이곳엔 풍랑 재는 곡이 없느냐
있거든 어서 타서 잠재라[10] 한다.

아나 나더러 저럼 아닐까
그래 나는 가슴을 뒤지고 있네
그러나 아− 거문고의 줄은 없구나.

물 녹고 모래도 타는 이때
빈 놓의[11] 인 아낙네들이
강 마루 우물가 모여

---

10) 잠재우라.
11) '빈 동이'의 오기로 추정.

이곳엔 샘 자낼¹²⁾ 곡이 없느냐
있거든 어서 타서 자내라 한다.

아마 나다려 타람 아닐가
그래 나는 가슴을 뒤지고 있네
그러나 아- 거문고의 줄은 없구나.

말 못는 서른 앉고
이 세상 헤매는 몸아
가엾은 내 넋아!
이곳엔 네 한(恨) 마칠 곡이 없느냐
있으면 그 곡을 탈 이 누구인가.

---

12) 자아낼.

내 너를 위해 그 곡 타련다
그래 나는 가슴을 뒤지고 있네
그러나 아- 거문고의 줄은 없구나.

실제(失題)

뜰 앞에 꽃을 보라
그렇게 곱던 떨기
지난 밤 비바람에
자취조차 슬었나니.

하늘에 박옥(璞玉)[13] 성(城)을
뚜렷이 쌌던 구름
숙였다 다시 보니
다만 창천뿐이로다.

천만대 누릴 듯이
돌 깎아 쌓은 성(城)도
오백년 멀다 하고

---

13) 아직 제품으로 쪼거나 갈지 아니한 옥.

이울지[14] 아니하던가.

모두가 대와 흘러
그칠 줄이 없으며
그 속에 우리 인생
또 이런 한이로세.

풀 끝에 이슬이라
하염없는 인생이니
얻는다 무엇하며
잃는다 그 어떠리.

밉다고 곱다고 하여도

---

14) 기울지.

짧은 백년 안 일이오
높다고 낮다고 하여도
하늘 아래 산이니.

모두가 허탕함이
창해의 일포(一泡)일세
백년이 여춘몽(如春夢)을
속절없는 꿈이므로.

크옵신 '절로' 속에
쓴 뜻글 이 일생을
마음이 하자는 대로
울다 웃다 갈까나.

적은 그 자락 더 적시우네

눈 뿌리는 담 모퉁이에
네 어린 것들 모여 앉아
오늘도 떨며 우는 것 좀 가엾은가
그 젖은 뺨 씻어줄까 하여
내 옷자락 들었었네
그러나 아— 그 적은 자락
이미 내 눈물로 펑15)하네 그려.

된16) 벼랑 위태로운 길
내 늙은이들 오르노라
오늘도 헐떡이는 것 좀 죄송한가
그 목마른 목 축여드릴까 하여

---

15) 아주 심하게 젖은 모양.
16) 몹시 심한.

내 물병 기울였었네
그러나 아- 그 적은 병이
내 목마름에 다하였네 그려.

냄새나는 진흙수렁에
내 누이들 빠진 채로
오늘도 목 놓아 부르는 것 좀 가엾은가
버린 손 잡아볼까 하여
내 짧은 팔 뻗었었네
그러나 아- 잡도 못하는 이 몸
나마저 그 수렁에 빠졌네 그려.

끌 손 없느냐
나는 수렁에 들어 소리치네

남은 물 없을까
나는 빈병을 들여다보네
그리고 자락 좁다 우는 눈물로
젖은 그 자락 더 적시우네.

무제(1)

바람 내 뺨을 씻고 가다
바라보니
나뭇가지만 흔들리고
그 모습 찾을 길 없어라.

어딘지 있으련만
아득하여
눈결에 본 그 사람 같이
길이 자최 모르게 되다.

천년 만년 있노라면
그 바람은
내 무덤 위에 풀일망정
씻고 갈 듯 하다만은.

무제(2)

그대는 그대 발밑에
썩은 등걸같이
산산이 부서진
시커먼 뼛조각들을 모지 않나
아- 그리고 저것이
제 평생 살고 간 한 사람의
이 세상 남기고 간 모든 것인 줄을
그대도 아시지 않나
저 뼈마저 없어질 것이 아닌가
오늘 바람이 불고
내일 비가 오면
모래 위에 친 그대 발자국이
잠시 밀려갔다 다시 밀려오는 물결에
흔적 없이 씻겨 가듯이

제 평생 살고 간 그의 저만 짓 한 것조차

길이 사라질 것 아닌가

그 삶의 이름은 물어 무엇하나

또 그의 평생사를 누구가 알고, 다만 그대나, 나와
같이

그도 웃고, 그도 울다가

사라지는 아침 안개와 함께

그의 일생의 꿈도

사라졌다는 것만 기억하세 그려

저 어웅한17) 구멍 속에

두 눈동자가 들어설 것 아닌가

그 동자에 아름다운 것과

---

17) 굴이나 구멍 따위가 쑥 우므러져 들어가 있는.

귀한 것이 비치고,
미운 것과 더러운 것이 비쳤을 것 아닌가
기쁨에 반짝이기도 하고
노여움에 번뜩이기도 했을 것이지
그러나, 그 아름다운 것,
그 귀여운 것,
그 기쁨, 그 노여움 다 사라진 이때,
영롱(玲瓏)턴 그 눈자위마저 없고
다만 벌레도 싫다 할
컴컴한 구멍만이 남아있네그려.
여기 귀가 있고,
여기 코가 있었고,
그 귀로 새소리를 들었고,
그 코로 꽃향기 맡았을 것 아닌가

그러나 그때 울던 새소리 끊이고,
그때 피었던 꽃 떨어진 이때
그 귀와 코의 옛 모습도
다시 못 보겠네그려.

여기 입술 있던 곳이 있네
그 입술 그려18) 하던 사람도 있었을 것 아닌가
그러나 아- 그 입술마저 없어진 이때
그리던 그 사람은
지금 어느 청산 누웠을꼬.

팔은 둘러 무엇하나

---

18) 그리워.

대기는 고요하여
파문 하나 남지 않은 지금에
부서진 뱃조각만이
흙 위에 굴러져 있는 것을
발은 굴러 무엇하나
대지는 묵묵하여
여향(餘響)19)조차 그친 오늘에
썩다 남은 뱃조각만이
저렇게 버려져 있는 것을.

우리와 저 사람 사이를 백년이라 하세
일순(一瞬)이지

---

19) 아직 남아 있는 영향(影響).

때 되면 그대도 가리 나도 가리
달 밝은 공산자규(空山子規)[20] 슬피 울 제
그대 그곳에 저렇게 되리
나도 그곳에 저렇게 되리
적막한 일일세
그러나 나 네 기다리는 사람이 있다면서
어서 가 보게
벌써 해지는 줄을 자네 모르나.

---

20) 적적한 산에 두견새.

무제(3)

―'만보산 참살 동포 조위가' 연습을 듣고―

젊은 기쁨에 뛸 너희가 아니냐
꽃다운 웃음에 넘쳐야 할 너희가 아니냐
즐거워하여야 할 너희
오월의 노래를 불러야 할 너희들이 아니냐
기쁨의 노래 불러
이 강산 웃게야[21) 할 너희들이 아니냐.

이 강산 웃게야 너희거늘
꽃과 향기로
이 강산 웃게야 할 너희거늘
너희들은 눈 오는 이 저녁
바람을 맞으면서

---

21) '웃겨야'로 추정.

눈물의 노래 부르는구나.

아— 즐거운 노래 부를 너희로
눈물의 조위가(弔慰歌) 부르는구나
가신 형제의 이름 부르며
눈물의 노래 부르는구나
아 떨리는 그 음성 못 맺혀
그 노래 끝맺지조차 못하는구나.

웃어야 할 몸으로
울며 노래 부르는 내 누이들아
맺힌 목 가다듬어, 눈물 씻고,
그 노래 마쳐다오
그 노래 듣는 이 이천만

그 노래 듣고 우는 이 이천만
함께 흐느끼는 소리 들으니
너희 심장 거문고 삼아
눈물 씻고 그 노래 마쳐다오.

너희들 노래 듣고
저 산이 울고
저 바다가 울고
마른 풀이 울고
굳은 땅이 울고
온 누리가 우니
아니 울 이 누구랴.

나도 울거니와

기쁨의 노래 불러

이 땅 웃게야 할 너희

왜 눈물의 노래로

이 강산 울려야 하는가

무제(4)

십년 기른 지성수(至誠樹) 베어
한간 집을 짓다
너더러 살라 하였더니
너 떠나가다, 그날
불 질렀으니
그만이었을 것을
너 왜 오늘 빈터에 울어

재도 안 남은 그곳에
회고의 눈물짓게 하느냐.

가을

달이 지고
귀또리 울음에
내 청춘에 가을이 왔다.

무지개도 귀하건마는

무지개도 귀하건마는
강낭밭이 마르기에
비 오라 했네
급기야, 바람 불고, 비 내리니
무지개 쓰러진 검은 하늘,
쳐다보는 이 눈에
눈물이 왜 고이나.

달빛도 좋건마는
숨어야 할 몸이기에
뜬 달 지라고 했네.

급기야 달 떨어지고,
밤만이 깊은 거리

걷는 이 눈에
눈물이 왜 고이나.

꿈의 탑 알뜰하건마는
인생로 짐이 되길래
허러 바다에 더 졌었네.
애닲다, 갈 줄 모르고,
아직도 떠도는 옛 꿈의 조각
바라보는 이 눈에
눈물이 왜 고이나.

단상

가면 그만이다,
웃어 놓고
하염없이
넘는 해 보는 내 마음
나는 몰라라.

기원

무쇠 검다만 마소
달구면 녹아
태초의 목숨 벌겋던
용광으로 돌아가나니,

임이여 그대 순정으로
이 넋 환원(還元)시킨 후
임이 원하는 그릇
만들지 않으려오.

그대가 누구를 사랑한다 할 때

그대가 누구를 사랑한다 할 때
그대는 결국 그대를 사랑하는 걸세
그대 넋의 그림자가 그리워
알뜰히 알뜰히 따라가는 걸세.

그대 넋이 헤매지를 않겠는가
헤매다 그 사람을 찾았다 하네
그 사람은 그대의 거울일세
그대 넋을 비추는 분명한 거울일세.

그대는 그대 그림자를 보고
그 그림자를 거울만 여겨 사랑하네
그래 그 거울을 사랑한다 하네
그 사람을 사랑한다 맹세하게 되네

그러나 그대 그림자 없으면
그대는 돌아서 가네.

그대가 그 사람을 부족하다 하고 가지 않는가
그대 넋 못 비추는 구석이 있는 까닭일세
지금 그대 넋은 또 길을 떠나네
누군지 모를 그 사람을
또 찾아 헤매러 가네
그대 넋 온통을 비출 거울이 어디 있나
그대 찾는 정말 그 사람이 어디 있나
찾다가 울고 울다가 또 찾아보고
그리다가 찾던 그대 넋 쫓아
어딘지 모를 곳 가버릴 게 아닌가.

맹서

임이여 내가 있지 않소
거리의 불 다 꺼지고
산과 물, 어둠 속에
모습 감췄으나
절망에 떠난 임의 앞에는
지성의 내 촛불이 있지 않소.

펜

절름발이 '펜'의 멱살을 잡고
캄캄한 작조(作造)의 칠야를 끌고 나와
'잉크병' 아갈바리에 태맹이를 치다.

오늘도 새벽부터
게침같은 설움
불평의 이지랑개미.

꺼진 고불통 울분을
원고지 장터에 버려 놓고
시들어 넘어진 장돌뱅이
불쌍한 내 늙은 친구여!

저놈의 독수리

훠이 저놈의 독수리!
알병아리들을 어디 숨기나!

빌어먹을 놈

빌어먹을 놈
일껏 힘들여 쌓은 탑을
굳이 헐려다가
똥밖에 못 든 대구리가
천창만호(天窓萬戶)가 되었구나!

무제음 이수(無題音 二首)

(1)
어느 긴 담 밑을 걷고 있었노라
해는 쨍쨍하나 바람이 불고
살을 에는 듯 날이 추웠었노라.

주머니에 들었던 귤 하나를 내어
깐 껍질을 무심코 던졌을 때!

우르르 나와
껍질을 줍는 아이 하나
보니 담 옆 양지에 쪼그리고 앉았던
오륙 세밖에 못된 헐벗은 아이였노라.

내 먹으려던 것을 주고

물었더니 어제 저녁에
밀기우리[22] 죽도 마저 먹고
오늘은 종일 굶어
해 쬐러 나왔노라는 아이의 말!

나는 두 눈이 뜨거워졌노라
오래간만에 정말로 울었었노라.

그리고 반나절이나 더운 방에서
주의, 도덕, 인정을 떠든
내 가련한 꼴을 부끄러워 하였노라.

---

22) '밀기울'로 추정.

(2)
우리 겨레는 왜 기력이 없나
왜 그리 죽은 상 밖에 하지를 못하나
왜 그리 무표정한가
동무야, 이런 탄식을 그만두세.

사람들이 나를 독하다 하네
사실 내 앞에 '죽음'이 눈을 부릅떠도
웃을 것도 같네
왼누리가 나락의 아가리로
떨어지는 순간
노래 한 마디쯤 부를 것도 같네.

그러나 동무!

만일 내게 남은 쌀 한 톨이 없고
남은 나무 한 가지가 없고
알던 사람 피해가고
팔아버릴 '이즈랑개미' 하나 없을 그때!

그리고 내 바가지에 붙었던
마지막 밥알이 없어진지 오랜 그때······
내 어린 것이
'배고파 밥 줘' 운다면
내 독하다는 마음이 무언가
그 자리에 엎어져
뼈가 녹아내릴 걸세.

저들이 하루도 몇 번이나

이런 무서운 소리를 듣나
무기력 무표정은커녕
살아만 이라도 있는 그들의 심장이
철석보다 굳지 않은가.

무제 삼수

(1)
바다의 규방같이 고요한 이 새벽에
저 헛것 또 나를 끄노나
고뇌의 가시밭 위에
핏자국 치는 불쌍한 마음이여.

저 뒤에 갈 길이 있고
부를 노래도 있으련만
앞 막는 안개.

숨 막는 연기
어둡구나
목이 잠기누나.

그저께 내 넋 기절하고
다음 날 또 그러하여
어제가 가다.

저녁 되면 조종(弔鐘)으로 변할
새벽의 저 북소리.

싸늘한 거리 위에
구르는 가랑잎같은
가련한 내 혼백이여!

(2)
문을 두드리다
대답 없이 그날이 가고.

또 문을 두드리다
역시 대답 없는
오늘이 갑니다.

임이여!
청첩은 보내시고
문 닫은 채
어딜 가셨소.

(3)
가라…… 웃어 보내고
…… 혼자 울었노라.

고독

별 몇 개
하늘은 밑이 없다.

달빛
잠들은 바다.

아득한 발자국은
꿈에 본 꽃잎이다.

그 사람은 어뗀지……
그림자 하나.

우리 길을 가고 또 갈까

우리 길을 가고 또 갈까.

꽃을 다 어떻게 찾아가나
별의 창 뒤의 별의 창 뒤의 별의 창 뒤의 별의 창.
다 어떻게 '넉'[23] 하나,
샘의 '나'와 '너'와 '그'가 모두 부르는데……
모래알과 모래알의 통로가
안개같이 자욱이 얽혔네.

아 넋아 네 향수는
길과 함께
끝없이, 끝없이, 끝없이 유장(悠長)구나.

---

23) '넋'의 오기로 추정되나 정확한 뜻을 알 수 없음.

자살풍경 스케치

희고 긴 선, 희고 긴 폭, 희고 긴 광 너머
획 하나, 낙하의 법칙 배제하고.

포물선 그리는 저 어인 푸른 일점인고!
피어오른 건
파멸, 망각의 흑작약(黑芍藥)이어라.

지심(地心)에 난 이엽초,
'엘레지'의 섞어 푼 향기
후각의 그늘진 비탈에 시드네.

즉경(卽景)

밤새 눈 내려
소복한 아침 일다.

제계[24]한 길을
너 어이 망치는가
장난꾼의 개 한 마리여!

놈의 짓이 어찌나 구수한지!
탄력 튀는 그 체구.

눈덩이 물고
바라보는 눈(眼)

---

24) 금제(禁制).

어찌나 순진한지……

와락 놈의 목 안고
한바탕 굴고 싶다.

못 이룰 소원
가마득한 적막의 동경(憧憬)이여!

반역

(「우주와 나」 ①)

나는 뚜렷한
내 독자의 존재로다
무한대의 네 부력(富力)이
일분평관(一分評慣)인들
내게 시킬 길이 있으랴.

태양, 별, 구름, 꽃과 그늘
계절의 헌단 위 버려놓고
오늘도 내 관심 사려다…….

내 끔찍끔찍한 냉혹에
실연한 처녀같이
너는 맥이 풀리다.

패배

(「우주와 나」 ②)

공간의 폭을 씻다 씻다
힘진하여[25]
네 깔깔 웃음 들으며
쓰러졌노라.

아 너는
내 영의 발목 감는
얄미운 거미로다.

---

25) 문맥상 '힘이 다하여' 또는 '기진하여'로 추정.

동경

(「우주와 나」 ③)

작은 돌 하나,
그다려²⁶⁾ 산을 괴랬지요.

빗방울 나려져
주린 풀 젖 먹이고
노래하는 시내의
건반 되게 하였지요.

이 깊은 골의 꽃송이
나비시켜
가보라 하시고.

---

26) '더러'의 옛말.

왜 내 넋의 손은
못 보신 것처럼
오늘도 거저 지나가오.

무제(5)

그는 사람이 오고가고 하는 거리에서,
나를 본 체 만 체하고 지나갑니다
그는 안개 걷히는 아침,
산기슭에 나를 보고,
흰 모래 위, 물결 속삭이는 바닷가에서 나를 봅니다
그가 나를 안보는 곳이 어디리까.

그는 일기 속에,
벌써, 오래오래 전
나를 잊었다 적었습니다
그러나, 이는 그의 비가입니다
그의 심장 벽에 피로 삭여진 내 이름을
지우려는 헛된 노력의
애달픈 시입니다.

그는 몸을 없이 해,
슬픔과, 괴로움과,
이루지 못할 동경을
벗어났습니다
그날 물론, 내 화단에도 어둠이 내려
힘과 희망의 남은 싹이 쓰러졌습니다
그래 그는 죽음 속에 삶을 얻고,
나는 '이름' 속에 완성한 것입니다.

그대들에게

내 무료(無聊)를 웃는가
그러나 그대 '푯말'부터 세울 게 아니뇨.

그렇게 염색한 집 빨랫줄처럼
다른 색포(色布)를 내걸어서야
그대 집 이름을 어찌 알꼬.

그대 네 안방엔 문패와 얼토당토않은 놈이 있기로
나는 또 굳이 내 집으로 왔다.

남산 허리를 감도는 소리개 뜻을 깨달은 이제
혼자 고누판27)을 셋이나 그렸다.

---

27) 고누를 두기 위하여 말밭을 그린 판. '고누'는 땅이나 종이 위에 말밭을 그려
   놓고 두 편으로 나누어 말을 많이 따거나 말 길을 막는 것을 다투는 놀이.

한 것 적은 나

모래 한 알의
역사와 희망을 쓰려도
온장 하늘이 좁으리라.

한갓 작은 나
그래도 비약을 꿈꾸나니…….

큰 강 흘겨보며 헤엄치는 송사리 같이
나는 온 '누리'에 대담도 하도다.

박첨지와 낮잠

유월의 한나절
장다리꽃에
나비춤이 무겁다.

이따금 바람이 불어
느티나무 그늘이 어질러진다.

반나절의 피로가
송이송이 박꽃처럼 피었더라.

일어나 늙은 시선이
비 실은 구름장을 지평선 위에 더듬는다.

한 골짜기 한가로움이 그대론 부족하냐?

송아지는 철없는 가수,
시에 늙은 귀에
차라리 번거로운 예술이어라.

담뱃대를 편다.

저녁에 구수할 아욱국에
마누라 장 솜씨가 대견해,
왁살맞은 주름 속에
그래도 장미의 미소가 되누나!

산과 나

(「'렌스'에 비친 가을 표정」 ①)

네 품에서의 피로가 단샘같이 그리워, 또 하루 유
랑에, 스스로 고달프다.

침묵

(「'렌스'에 비친 가을 표정」 ②)

임은 말하지 않는다.

침묵의 옷자락에 이마를 부빌 뿐, 그러면 임의 이야기는 영원해, 내 영혼은 연꽃처럼 피어난다.

삼림

(「'렌스'에 비친 가을 표정」 ③)

자연은 본시 방탕한 시인,
'태초'의 술이 이곳에 익었다.
소태의 규방에,
나는 신부처럼 수줍어…….

암벽

(「'렌스'에 비친 가을 표정」 ④)

네 태도가 새침할수록 내 열정은 자랐다.

폭풍우

(「'렌스'에 비친 가을 표정」 ⑤)

어둡다, 골을 휩쓴다, 암각이 깨어졌다. 산도야지
놈도 뛴다. 시내들의 말소리가 커졌다.
아― 남성의 포효, 나는 숨을 크게 쉰다.

한거

(「'렌스'에 비친 가을 표정」 ⑥)

암반을 흐르는 청렬(淸冽), 새가 운다. 구름도 간다. 이름 없는 꽃은 사랑에 못 쓸까? '가제'도 돌 밑을 나섰다.

꿈에도 이곳을 그리워해, 내 욕망은 슬프다.

무제(6)

바람 내 뺨을 씻고 가다
바라보니
나뭇가지만 흔들리고
그 모습 찾을 길 없어라.

어딘지 있으련만
아득하여
눈결에 본 그 사람같이
길이 자취 모르게 되다.

천년 만년 있노라면
그 바람은 내 무덤 위 풀일망정
씻고 갈 듯 하다 많은.

남(南)으로 창을 내겠소

남(南)으로 창을 내겠소
밭이 한참갈이
괭이로 파고
호미론 풀을 매지요.

구름이 꼬인다 갈 리 있소
새 노래는 공으로 들으랴오
강냉이가 익걸랑
함께 와 자셔도 좋소.

왜 사냐건
웃지요.

서글픈 꿈

뒤로 산
숲이 둘리고
돌 새에 샘솟아 적은 내 되오.

들도 쉬고
잿빛 멧부리의
꿈이 그대로 깊소.

폭포는 다음 골(谷)에 두어
안개냥 '정적'이 잠기고……
나와 다람쥐 인(印) 친 산길을
넝쿨이 아셨으니
나귀 끈 장꾼이
찾을 리 없소.

'적막' 함께 끝내
낡은 거문고의
줄이나 고르랴오.

긴 세월에게
추억마저 빼앗기면

풀잎 우는 아침
혼자 가겠소.

노래 잃은 뻐꾹새

나는 노래 잃은 뻐꾹새
봄이 어른거리건
사립을 닫치리라
냉혹한 무감(無感)을
굳이 기원한 마음이 아니냐.

장밋빛 구름은
내 무덤 쌀 붉은 깊이어니
이러해 나는
소라(靑螺)같이 서러워라.

'때'는 짓궂어
꿈 심겼던 터전을
황폐의 그늘로 덮고…….

물 긷는 처녀 돌아간
황혼의 우물가에
쓸쓸히 빈 동이는 놓였다.

반딧불

너는 정밀(靜謐)의 등촉
신부 없는 동방(洞房)에 잠그리라.

부러워하는 이도 없을 너를
상징해 왜 내 맘을 빚었던지.

헛고대의 밤이 가면
설은 새 아침
가만히 네 불꽃은 꺼진다.

괭이

넓적 무투룩한 쇳조각, 너 괭이야
괴로움을 네 희열로
꽃밭을 갈고,
물러와 너는 담 뒤에 숨었다.

이제 영화의 시절이 일어[28]
봉오리마다 태양이 빛나는 아침,
한 마디의 네 찬사 없어도,
외로운 행복에
너는 홀로 눈물 지운다.

---

28) 번창하다, 번성하다, 부풀다.

포구

슬픔이 영원해
사주(砂洲)에 물결은 깨어지고
묘막(杳漠)한 하늘 아래
고(告)할 곳 없는 여정이 고달퍼라.

눈을 감으니
시각이 끊이는 곳에
추억이 더욱 가엾고…….

깜박이는 두셋 등잔 아래엔
무슨 단란의 실마리가 풀리는지…….

별이 없어 더 서러운
포구의 밤이 샌다.

기도

임의 품 그리워,
뻗으셨던 경건의 손길
거두어 가슴에 얹으심은
거룩히 잠그신 눈이
'모습'을 보신 때문입니다.

마음의 조각(1)

허공이 스러질
나는 한 점의 무로−

풀 밑 벌레소리에.
생과 사랑을 느끼기도 하나

물거품 하나
비웃을 힘이 없다

오직 회의의 잔을 기울이며
야윈 지축을 서러워하노라.

마음의 조각(2)

임금[29] 껍질만한 열정이나 있느냐?
'죽음'의 거리여!

썩은 진흙골에서
그래도 샘 찾는 몸이 될까.

---

29) 林檎. 능금.

마음의 조각(3)

고독을 밤새도록 잔질하고 난 밤,
새 아침이 눈물 속에 밝았다.

마음의 조각(4)

달빛은
처녀의 규방으로 들거라
내 넋은
암흑과 짝진 지도 오래거니ㅡ.

마음의 조각(5)

향수조차 잊은 너를
또야 부르랴?
오늘부턴
혼자 가련다.

마음의 조각(6)

오고 가고
나그네 일이오

그대완 잠시
동행이 되고.

마음의 조각(7)

사랑은 완전을 기원하는 맘으로
결함을 연민하는 향기입니다.

마음의 조각(8)

생의 '길이'와 폭(幅)과 '무게' 녹아,
한낱 구슬이 된다면
붉은 '도가니'에 던지리다.

심장의 피로 이루어진
한 구(句)의 시(詩)가 있나니-.

'물'과 '하늘'과 '님'이 버리면
외로운 다람쥐처럼
이 보금자리에 쉬리로다.

황혼의 한강

'고요함'을 자리인 양 편 '흐름' 위에
식은 심장 같이 배 한 조각이 떴다.

아— 긴 세월, 슬픔과 기쁨은 씻겨가고
예도 이젠 듯 하늘이 저기에 그믄다.

한잔 물

목마름 채우려던 한잔 물을
땅위에 엎질렀다.

넓은 바다 수많은 파두(波頭)를 버리고
하필 내 잔에 담겼던 물.

어느 절벽 밑 깨어진 굽일런지—
어느 산마루 어렸던 구름의 조각인지—
어느 나뭇잎 위에
또 어느 꽃송이 위에
나려졌던 구슬인지—
이름 모를 골을 나리고
적고 큰 돌 사이를 지난 나머지
내 그릇을 거쳐

물은 제 길을 갔거니와…….

허젓한 마음
그릇의 비임만을 남긴
아— 애달픈 추억아!

눈 오는 아침

눈 오는 아침은
가장 성(聖)스러운 기도의 때다.

순결의 언덕 위
수묵 빛 가지가지의
이루어진 솜씨가 아름다워라.

연기는 새로
탄생된 아기의 호흡
닭이 울어
영원의 보금자리가 한층 더 따스하다.

어미 소

산성 넘어 새벽 들어 온 길에
자욱 자욱 새끼가 그리워
슬픈 또 하루의 네 날이
내(煙)[30] 끼인 거리에 그므는도다.

바람 한숨짓는 어느 뒷골목
네 수고는 서 푼에 팔리나니
눈물도 잊은 네 침묵의 인고 앞에
교만한 마음의 머리를 숙인다.

푸른 초원에 방만하던 네 조상
맘 놓고 마른 목 축이던 시절엔

---

30) 연기.

굴레 없는 씩씩한 얼굴이

태초청류(太初淸流)에 비췬 일도 있었거니…….

추억

걷는 수음(樹陰) 밖에
달빛이 흐르고,

물에 씻긴 수정같이
내 애상이 호젓하다.

아― 한조각 구름처럼
무심하던들
그 저녁의 도성(濤聲)이 그리워
이 한밤을 걸어 새기야 했으랴?

새벽 별을 잊고

새벽 별을 잊고
산국(山菊)의 '맑음'이 불러도
겨를 없이
길만을 가노라.

길!
아— 먼 진흙 길.

머리를 드니
가을 석양에
하늘은 저렇게 멀다.

높은 가지의
하나 남은 잎새!

오랜만에 본
그리운 본향(本鄕)아.

물고기 하나

웅덩이에 헤엄치는 물고기 하나
그는 호젓한 내 심사(心思)에 걸렸다.

돌새, 너겁31) 밑을 갸웃거린들
지난밤 저 버린 달빛이
허무로이 여직 비칠 리야 있겠니?

지금 너는 또 다른 웅덩이로 길을 떠나노니
나그네 될 운명이
영원 끝날 수 없는 까닭이냐.

---

31) 괴어 있는 물에 함께 몰려서 떠 있는 지푸라기, 티끌 따위의 검불. 또는
덕지덕지 앉은 때.

향수

인적 끊긴 산 속
돌을 베고
하늘을 보오.

구름이 가고,
있지도 않은 고향이 그립소.

굴뚝 노래

맑은 하늘은 새 임이 오신 길!
사랑 같이 아침볕 밀물 짓고
에트나의 오만(傲慢)한 포-즈가
미웁도록 아름져 오르는 흑연
현대인의 뜨거운 의욕이로다.

자지러진 로맨스의 애무를
아직도 나래 밑에 그리워하는 자여!
창백한 꿈의 신부는
골방으로 보낼 때가 아니냐?

어깨를 뻗대고 노호(怒號)하는
기중기의 팔대가
또 한 켜 지층을 물어뜯었나니……

히말라야의 추로(墜路)를 가로막은 암벽의
심장을 화살한 장철(長鐵)
그 위에 '메'가 내려
승리의 작열이 별보다 찬란하다.

동무야 네 위대한 손가락이
하마[32] 깡깡이의 낡은 줄이나 골라 쓰랴?
천공기의 한창 야성적인 풍악을
우리 철강 위에 벌여 보자
오 우레 물결의 포효 지심이 끊고
창조의 환희! 마침내 넘치노니
너는 이 씸포니-의 다른 한 멜로디-로

---

32) 바라건대. 또는 행여나 어찌하면. 여기서는 '행여나'로 추정.

흥분된 호박 빛 세포 세포의
화려한 향연을 열지 않으려느냐?

가을

달이 지고
귀뚜라미 울음에
내 청춘에 가을이 왔다.

나

나를 반겨함인가 하야
꽃송이에 입 맞추면
전율할 만치 그 촉감은 싸늘해—.

품에 있는 그대도
이해 저편에 있기로
'나'를 찾을까?

그러나 기억과 망각의 거리
명멸하는 수(數) 없는 '나'의
어느 '나'가 '나'뇨.

태풍

'죽음'의 밤을 어지르고
문(門)을 두드려 너는 나를 깨웠다.

어지러운 병마(兵馬)의 구치(驅馳)
창검의 맞부딪침,
폭발, 돌격!
아— 저 포효와 섬광!

교란과 혼돈의 주재(主宰)여
꺾이고 부서지고,
날리고 몰려와
안일을 향락하는 질서는 깨진다.

새싹 자라날 터를 알아서

보수(保守)와 조애(阻碍)33)의 추명(醜名)34) 자취(自取)35)하던

어느 뫼의 썩은 등걸을

꺾고 온 길이냐.

풀뿌리, 나뭇잎, 뭇 오예(汚穢)로 덮인

어느 항만을 비질하여

질식에 숨지려던 물결을

일깨우고 온 길이냐.

어느 진흙 쌓인 구렁에

---

33) 어떤 일이나 행동 따위가 진행되지 않도록 막아서 방해함.
34) 깨끗하지 못한 일로 더럽힌 이름.
35) 잘 되고 잘못 되고는 상관없이 제 스스로 만들어서 됨.

소낙비 쏟아 부어
중압에 울던 단 샘을
웃겨 주고 온 길이냐.

파괴의 폭군!
그러나 세척과 갱신의 역군아,
세차게 팔을 둘러
허접쓰레기의 퇴적을 쓸어 가라.

상인(霜刃)으로 심장을 헤쳐
사득, 오만, 미온, 순준(巡逡) 에어 버리면
순진(純眞)과 결백(潔白)에 빛나는 넋이
구슬처럼 새 아침에 빛나기도 하더니……

여수(旅愁)(1)

비예산(比叡山) 넘어 대(竹)와 으루나무(竹) 길을
걸으며 비파호(琵琶湖),
　호수 건너 들, 들 밖에 산,
　산 넘어 끝이 없이
　내 여수에 하늘이 운하도다.

　생은 짐짓 외로운 것,
　고개 숙여 호젓이 걷거늘,
　너는 왜 물새처럼
　추억의 바다로 나를 인도해
　아득히도 돌아갈 길을 잊게 하나뇨.

고궁

고요함을 한갓 아껴 하듯
조심 고궁 눈이 내린 날,

비둘기 마실 가고,
아— 옛 빛 숙연히 저무는 뜰을
고독을 달래며 홀로 걸었소.

목단(牧丹) 포기 마른 화단, 섬돌,
그날의 꿈은 씻겨 가고,
몇 나이로 헤일지, 늙은 행자수(杏子樹),
고(告)할 뜻 그저 말이 없었소.

손 없는 향연

하늘과 물과 대기에 길려[36]
이역(異域)의 동백나무로 자라남이여,
손 없는 향연을 버리고
슬픔을 잔질하며 밤을 기다리도다.

사십 고개에 올라 생을 돌아보고
적막의 원경에 명인(鳴咽) 하나
이 순간 모든 것을 잊은 듯
그 시절의 꿈의 거리를 배회하였도다.

소녀야 내 시름을 간직하여
영원히 네 가슴 속 신물(信物)을 삼으되

---

36) '길러져'로 추정.

생의 비밀은 비 오는 저녁에 펴 읽고
묻는 이 있거든 한 사나이
생각에 잠겨 고개 숙이고
멀리 길을 간 어느 날이 있었다 하여라.

그날이 오다

산에 올라 요운(妖雲) 덮인 골,
눈물로 굽어보며
그 음암(淫暗) 걷히라고
소리 없는 애국가에 목 메여,
흐득이던 그날을 기억하느냐, 동무야.

이리 굴 메이고,
생명 샘 파 탁한 벗 태어가리,
복락(福樂)의 천만년 배달의
답으로 닦으려던
그때를 회상하느냐, 형제야.

한 동지의 억울한 신음(呻吟)에 이 악물고
수치를 맹세한

울분을 생각하느냐, 동포야.

때는 오라, 아― 피로 산 그날이 오다
물 데리고, 장부대, 터 닦을 날이 오다
군색하건, 작건, 내 살림
우리 차려볼 갈망의 날이 오다
어깨 폈고, 노래 쳐,
그저 나아갈 그날이 오다.

삼천만, 목거야 한줌이 안 넘는
우리의 피의 겨레로다
바다와 학을 닮은 백두
무궁화 피는 뜰에,
아― 형제야

그저 웃으며 세울 그날이 오다.

왜 줄달음이 없겠는가
그러나 한 둥걸의 가지와 가지
진살로[37] 귀엽고
사랑 겨워 발연한 흥분 속에
동족애의 햇불은 그래도 크게 타노니
재 넘어 차려진 대 건설의 향연 찾아,
짙은 어둠길을 의지해 걷다.

37) '진실로'의 오기로 추정.

산에 물에

맑은 아침 새 노래 아름다워라
꽃냄새에 취한 놈이 풀빛에 젖네
구름도 쉬어 넘는 산머리에서
천만리 넓은 들 굽어봅니다.

뉘 설움에 물결은 깨여지는지
아득하다 하늘에 물에 닿았네
포구를 찾아드는 배를 보고도
마음의 고향을 그려합니다.

시름은 물결에 흘려보내고
산에 올라 영기(靈氣)로 맘을 닦겠네
고이고이 천지가 기르는 생을
아끼며 깨끗이 살으렵니다.

해바라기

나도 한낮의 맑은 정기
지극히 미미하나
내 우주의 핵심이어니…….

시공에 초연하고
나를 둘러 세계도 찬연히 돈다.

내 응결이 바서지면
어둠과 쉬되
나비도 춤추고
시냇물도 웃고
구름과 소요하고
적도 아래 우레로 아우성치리라.

나를 비웃지도, 어찌하지도 못한다
나는 있기 때문에 없앨 수 없다.

섭리와 함께
새 선미(善美)를 계획도 하려니

나는 아침 이슬에 젖은
동경의 해바라기
아ー 영원히 복된 절대로다.

여수(旅愁)(2)

생은 짐짓 허무의 거리
쌓아도 쌓아도 짙은 것이 없거늘
네 끼친 장미 가시에
마음의 부풀음이 왜 아플까?

비 궂은 칠백 리
이향(異鄕) 밤길을 간다
버리는 섬을 버리고
굳이 어딜 가는 거냐?

향수

물결 잦은 강변
하늘은 연녹색으로 멀고
안개인양 봄이 휘감겨
실버들이 너울거립니다.

나비춤 새의 노래
가추가추 아름답소만
내 마음은 비어
신부 없는 골방
손 없이 벌여진 찬치[38]입니다.

---

38) '잔치'의 오기로 추정.

부질없이 향수는 왜 밀려옵니까?
고독이 샘물로 가슴에 솟쳐 웁니다.

그 사람의 은근한 귓속말에 젖어
비바람 골에 궂으나
담뿍 복스럽던 그날을 그리워하노니-.

가슴의 이 초롱불이 꺼지면
봄도 생도 어둡지 않습니까?

하늘

한 장으로 너그러이 편 하늘
헤일 수 없이 별들이 밝다.

꾸미지 않았다
그저 훗지다.

태고(太古)도 오늘인양 영원한 젊음
맑음이 넋 자락에 맵구나!

내 생은 부디 저렇고지고
쓰고 싶은 한 수의 시이기도 하다.

스핑크스

지혜를 모아 모아,
물질의 호화를 여기 쌓았구나,
'네온'이 어지러운 '뉴-욕'아,
달빛이 저처럼 멀리 여윘다.

샘물 재잘대는 숲 깊은 산 아래,
내 꿈은 짙었거니,
임아, 거기서 너와 고요함을 누리며,
넋을 늙히리라.

밤새도록 변화의 물결에 떠서
'스핑크스'로 나는 외로웠노라.

고뇌

슬픔과 고뇌의 고개 넘어
또 다시 질식의 구비를 도노니
눈물마저 마른 눈 앞은
깊이 모를 운명의 잿빛 구렁이로다.

이다지 쓴 잔일진댄
차라리 비었기를 바란다
눈보라 급한 살얼음의 진펄을
짐 지고 오늘도 온 하루를 걸었다.

오―생아, 한때일망정,
단 샘가, 퍼 드리고 쉴 자리가 없느냐?
창해의 유유한 한 마리 갈매기로,
물결 천리, 하늘 천리 희날고39) 싶은 소원이다.

꿈에 지은 노래

붉은 노을 뒷자락 차마 거두지 못한 황혼
우리 애오라지 할 때 무료를 위로했도다
장엄을 삭여 세운 듯, 산용(山容)이 버렸음이여
한강 칠백 리 물빛이 은으로 흐른다.

이 좋은 강산, 어찌 인걸의 뛰어남이 없으랴,
조국이 지금 우리 일기를 목매여 부르나
차라리, 피의 임적(淋適)40)을 잔 가득 부어
비장, 울분을 노래로 마실까.

---

39) '휘날고'의 오기로 추정.
40) 물방울을 떨어뜨리다.

점경

후유둠 낙타 등으로
굽어 내린 장산(壯山) 밑,
오월 태양이 봄비인양
은혜롭게 흐르고…….

죽순처럼 싱싱한
젊은이 여덟
잉여채 의좋게
선로를 다듬어라.

두 줄 철로 남북으로 달리는 곳
현대 의욕이
다북, 살같이 빠르구나!

너희들의 힘찬 어깨가
꽃잎처럼 나부껴라
곡괭이 함께 내려
조약돌의 음향이 곱구나.

어기여차, 길을 닦아,
대망을 밀고 갈까?
집을 세워라,
나라도 이렁 자라 놓다.

땀 흘려
지심(地心)을 적시려마,
가슴에 공허가 없는 너희들,
눈에 작열의 웃음이 잠겼다.

한강이 아름겨 흐르나니
너희들 맥박인져!
시대도 네 것,
젊은이야! 길을 길을 닦아라.

김상용
(金尙鎔, 1902.08.27(음)~1951.06.22)

시인이자 영문학자.

호는 월파(月坡).

1902년 경기도 연천군 남면 왕림리 출생

1917년 경성제일고등보통학교에 입학

1919년 보성고등보통학교로 전학하여 1921년 졸업

1922년 일본 릿쿄(立敎)대학 영문과 입학

1926년 동아일보에 시 「일어나거라」를 발표

1927년 릿쿄대학 졸업

1928년 이화여전 교수로 근무

1930년 「무상」, 「그러나 거문고의 줄은 없고나」 등을 동아일보에
        발표하여 등단

1931년 에드거 앨런 포의 「애너벨 리」를 비롯, 찰스 램의 「낯익던

얼굴」, 존 키츠의 「희랍고옹부」 등의 영미 작가들의 번역하
여 해외문학을 소개

1933년 데이비스의 「무제」 번역 발표

1934년 「남으로 창을 내겠소」를 『문장』에 발표

1938년 수필 「우부우화」 발표

1939년 첫 시집 『망향(望鄕)』(문장사, 「남으로 창을 내겠소」, 「서글
픈 밤」 등 수록) 간행

1942.01.27 「영혼의 정화」(매일신보)

1942.02.19 「성업의 기초 완성」(매일신보)

1943.08.01~08 「님의 부르심을 받들고」의 친일 작품을 매일신보에
발표. 일제의 탄압으로 이화여전에서 영문학 강의가 폐지되
고 교수직을 사임함

1945년 군정하에서 강원도 도지사 임명되었으나 며칠 만에 사임

1945년 이화여자대학교 교수로 복귀

1946년 미국으로 건너가 보스턴대학에서 영문학 연구

1949년 미국에서 귀국

1950년 수필집 『무하선생 방랑기』 발표

1951년 6월 22일 한국전쟁 중 부산으로 피난했다가 식중독으로 병
사함

**1957년 소설집 『무궁화』(김월파 작) 발행(김상용 작품으로 추정).

**부산에서 병사하고 1년이 지난 후에 망우산에 묻혔다. 1956년 6월 24일에 세워진 묘비에는 "檀紀四二三五年 八月 十七日 京畿道 漣川서 나셔서, 四二八四年 六月 二十二日 釜山서 돌아가셨고, 四二八九年 二月 三十日 이 자리에 옮겨 뫼시다"라고 쓰여 있다.

**김상용의 시에는 동양적 관조의 세계를 담담하게 표현하고 있다. 허무의 정서가 깔려 있으나 낙관적인 방식으로 어둡지 않게 표현된 것이 특징이다.

**김상용의 친일 행각

조선의 징병제 실시를 규정한 병역법 개정이 1943년 8월 1일부터 시행되면서 국민총력조선연맹은 7일까지의 일주일 동안을 징병제 실시 감사 결의 선양주간으로 정하고 대대적인 결의 선양대회를 벌였다. 이 일환으로 매일신보는 1943년 8월 1일~8일에 걸쳐 현역 화가들의 삽화를 곁들인 징병 축하시 「님의 부르심을 받들고서」를 연재했다. 현역 시인 7명(김팔봉, 김용제, 김상용, 노천명, 김동환, 이하윤 등)이 같은 제목으로 실었는데, 여기서 '님'은 일본천황을

'부르심'은 징병인 것이다.

**2002년 발표된 친일문학인 42인 명단과 민족문제연구소가 발표한 친일인명사전 수록예정자 명단 교육/학술 부문에 선정되었다.

큰글한국문학선집: 김상용 시선집

남으로 창을 내겠소

© 글로벌콘텐츠, 2015

1판 1쇄 인쇄_2015년 07월 05일
1판 1쇄 발행_2015년 07월 15일

지은이_김상용
엮은이_글로벌콘텐츠 편집부
펴낸이_홍정표

펴낸곳_글로벌콘텐츠
      등 록_제25100-2008-24호

공급처_(주)글로벌콘텐츠출판그룹
      기획·마케팅_노경민   **편집**_김현열 송은주   **디자인**_김미미   **경영지원**_안선영
      주소_서울특별시 강동구 천중로 196 정일빌딩 401호
      전화_02-488-3280   **팩스**_02-488-3281
      홈페이지_www.gcbook.co.kr

값 13,000원
ISBN 979-11-5852-004-5 03810

※ 이 책은 본사와 저자의 허락 없이는 내용의 일부 또는 전체의 무단 전재나 복제, 광전자 매체 수록 등을 금합니다.
※ 잘못된 책은 구입처에서 바꾸어 드립니다.